TIR AU BUT

Irene Punt

Illustrations de
Bojan Redzic

Texte français d'Isabelle Allard

Éditions
SCHOLASTIC

Dans la même collection :
Mise au jeu
Hors-jeu

Catalogage avant publication de Bibliothèque et Archives Canada

Punt, Irene, 1955-
[Wicked slapshot. Français]
Tir au but / Irene Punt ; illustrations de Bojan Redzic ; texte
français d'Isabelle Allard.
(Hockey junior)

Traduction de: The wicked slapshot.
Niveau d'intérêt selon l'âge : Pour les 7-9 ans.
ISBN 978-0-545-98704-2
I. Redzic, Bojan II. Allard, Isabelle III. Titre. IV. Collection.
PS8581.U56W5214 2009   jC813'.54   C2008-905519-5

Édition publiée par les Éditions Scholastic,
604, rue King Ouest, Toronto (Ontario) M5V 1E1

7 6 5 4 3 Imprimé au Canada 121   11 12 13 14 15

Table des matières

Pour mes garçons, Harty, Tom et Dave; pour mes parents;
et pour mes amies, Anne, Joanne et Vivien.
Merci à toute mon équipe!

— I.P.

Le camp de hockey

C'est le jour le plus chaud du mois d'août. C'est aussi la première journée du Camp de hockey des Champions. Thomas s'accroupit dans l'allée pour vérifier le contenu de son sac.

— Patins, casque, chandail, protège-tibias, épaulières, protège-coudes, culotte...

Il jette un coup d'œil dans la rue, puis poursuit son inventaire au fond du sac, là où se cachent de vieux bas séchés et des rouleaux de ruban gommé.

— Protège-cou, protège-dents, gants, bas, ruban gommé, suspensoir. Bon, tout est là.

Il referme le sac.

La rue est déserte. Ses amis ne sont pas là. Il prend son bâton chanceux et frappe de vieux rouleaux de ruban gommé sur la pelouse.

— Dépêche-toi, dit sa mère en se hâtant vers la voiture. Mets ton sac dans le coffre.

— Han! fait Thomas en soulevant son sac avec peine.

On dirait qu'il est rempli de pierres. Il le laisse retomber et s'assoit dessus.

— Ce n'est pas juste! s'exclame-t-il.

— Qu'est-ce qu'il y a? demande sa mère, étonnée. Tu as passé l'été à compter les jours jusqu'au camp de hockey!

Thomas soupire.

— Mathieu est en voyage avec sa famille. Justin est au camp de gardiens de but. Et Simon s'est blessé à la cheville en faisant de la planche à roulettes. Je voulais aller au camp de hockey avec mes amis. Ce ne sera pas la même chose sans eux.

— Tu n'as pas besoin de tes amis pour aller au camp, dit sa mère en lui tapotant le dos. Tu adores le hockey! Tu verras, tu vas t'amuser! Après tout, c'est un camp de hockey!

Thomas lève la tête et s'efforce de sourire. Il soulève son sac et le met dans le coffre. Il sait que le trajet jusqu'à l'aréna sera ennuyant sans ses amis. Ensemble, ils forment une équipe. Ils adorent le hockey. Ils y jouent toute l'année.

La voiture recule dans la rue. Thomas tend la main pour trouver sa station de radio préférée. Sa mère augmente le volume. Cela lui remonte un peu le moral.

À l'aréna

Le soleil illumine les lettres argentées des mots « Aréna du Centenaire ».

Son bâton sur l'épaule, Thomas franchit les portes coulissantes en traînant son sac. Il se dirige vers le babillard, où figure un message d'accueil en grosses lettres noires.

Tous les enfants rient en lisant ce message. Même Thomas. Il passe devant le casse-croûte, franchit d'autres portes, longe les gradins et suit un couloir jusqu'au vestiaire n° 6. Il appuie son bâton dans un coin avec les autres.

Il promène son regard dans la pièce. Le vestiaire est bondé et bruyant. Tous les garçons semblent connaître quelqu'un. Certains d'entre eux portent les mêmes t-shirts d'équipe avec des shorts hawaïens. Ils se

BIENVENUE
AU CAMP DE HOCKEY
DES CHAMPIONS!

SOURIEZ!
Ici, il fait trop froid pour les maringouins!

Les garçons vont au vestiaire nº 6.
Les filles vont au vestiaire nº 3.

Interdit de pêcher, de faire des feux de camp et de
planter une tente.
Ce n'est pas un simple camp de vacances...

C'EST UN CAMP DE HOCKEY!

Rendez-vous sur la glace!
David, votre entraîneur

bousculent et plaisantent d'une voix forte,
comme de bons amis. *Où vais-je m'asseoir?*
se demande Thomas. *Détends-toi*, se dit-il.
Mais c'est étrange de ne reconnaître aucun
visage. C'est bizarre de ne pas être avec

Simon, Mathieu et Justin.

Il pousse un soupir et s'assoit sur le banc à côté d'un garçon aux cheveux roux.

— Bonjour, dit Thomas.

— Bonjour, répond le garçon, occupé à mettre du ruban gommé sur ses bas.

Thomas commence à fouiller dans son sac, à la recherche de son suspensoir. Il enfile rapidement son équipement. Quand il finit de lacer ses patins, tous les autres sont prêts. Maintenant, le vestiaire a un air familier. *Un*

joueur de hockey est un joueur de hockey après tout, pense Thomas en voyant les autres garçons debout sur leurs patins, impatients de se retrouver sur la glace. Avant de mettre son casque, il écrit son nom sur un bout de ruban-cache et le colle au-dessus de la grille protectrice. En sortant du vestiaire avec les autres, il sent toute la fébrilité qui les anime. Comme eux, il a très hâte de jouer.

Il suit le revêtement de sol en caoutchouc jusqu'à la porte d'accès. Les joueurs se placent en file et attendent. La surfaceuse fait un dernier balayage au milieu de la patinoire, puis retourne à son emplacement. Le conducteur descend d'un bond et referme les portes.

— On peut y aller! crie l'un des garçons.

Quatorze garçons et quatre filles s'élancent l'un après l'autre sur la glace fraîchement arrosée. Thomas aime la sensation de la glace lisse sous ses lames. Il se laisse glisser, puis se penche en avant pour s'étirer le dos.

BANG! La lourde porte se referme, bloquée

par le gros loquet métallique.

Ça y est! se dit Thomas avec un grand sourire.

99 tours

Un coup de sifflet retentit. Au centre de la patinoire, un homme de grande taille aux cheveux frisés leur fait signe de le rejoindre.

— Je suis David, votre entraîneur, dit-il en touchant sa casquette des Flammes de Calgary. Bienvenue à l'endroit le plus frais en ville!

Ils éclatent tous de rire.

— J'ai une question pour vous, histoire de briser la glace, poursuit l'entraîneur. Quel était le numéro de Wayne Gretzky?

Avant que Thomas puisse répondre, le garçon roux lance :

— 99!

L'entraîneur dit, d'un air narquois :

— Aujourd'hui, c'est une journée de patinage

intensif. En l'honneur de « la Merveille », vous allez faire 99 tours de patinoire.

— 99? s'exclament les enfants.

Thomas a l'impression d'avoir avalé une rondelle. Il ne pourra jamais faire 99 tours!

— Je blaguais, dit l'entraîneur avec un clin d'œil. On va commencer par neuf tours. Neuf tours rapides. Au hockey, on joue un but, une période et une partie à la fois.

À son coup de sifflet, les joueurs s'élancent. Les lames de Thomas glissent sur la glace. *Je peux faire neuf tours rapides sans problème*, se dit-il.

L'entraîneur crie :

— Levez la tête! Allongez les jambes!

Au troisième tour, Thomas ne pense plus du tout à ses amis.

— Pliez les genoux! Servez-vous de vos bras! crie encore l'entraîneur.

Au quatrième tour, Thomas oublie que c'est l'été.

— Plus vite! lance l'entraîneur.

Au cinquième tour, Thomas se retrouve à la même hauteur que le garçon roux. L'étiquette sur son casque indique qu'il s'appelle *Henri*. Ils patinent ensemble à la tête du peloton durant les deux tours suivants.

— Continue! lui lance Henri.

Les deux derniers tours sont les plus difficiles. Thomas est hors d'haleine et assoiffé. Les muscles de ses jambes brûlent. Il regarde Henri. Il a le visage rouge et ses coups de patin sont moins vigoureux.

— N'arrête pas! lui crie Thomas.

Finalement, ils complètent le neuvième tour. Thomas et Henri lèvent alors les bras en s'écriant :

— On a réussi!

Ils s'approchent de la bande, où sont alignées des bouteilles d'eau. L'entraîneur retourne son bâton et frappe deux fois la glace avec l'embout.

— Bra-vo!

Thomas et Henri imitent l'entraîneur en frappant l'embout de leurs bâtons sur la glace.

Ils prennent chacun une bouteille d'eau et avalent une grosse gorgée.

Le cœur de Thomas bat vite. Il essaie de ralentir sa respiration.

— Bravo, Henri! Tu es rapide!

— Bravo... Thomas, dit Henri en souriant. Toi aussi, tu patines vite.

— Ne prenez pas trop vos aises, les avertit l'entraîneur en regardant le dernier patineur terminer son neuvième tour.

Il se frotte les mains, s'éclaircit la gorge et

dit, avec une lueur dans les yeux :

— Au coup de sifflet, neuf tours... à reculons!

Il donne un coup de sifflet retentissant.

— Allons-y! dit Henri en envoyant un coup de coude à Thomas.

Ils font le tour de la patinoire ensemble.

Thomas se demande combien de tours ils vont faire en une journée. *Et si l'entraîneur nous faisait patiner onze fois neuf tours?* pense-t-il. *Non! Il a dit qu'il plaisantait en parlant de 99 tours. Mais était-ce vraiment une blague?*

À la fin de la journée, Thomas s'assoit sur les marches baignées de soleil à l'extérieur de l'aréna. Il attend son père. Ses genoux lui font mal et son ventre gargouille. Il ne s'est pas senti aussi bien de tout l'été.

Henri sort en trébuchant, encombré par son sac de hockey. Il a le visage couvert de sueur.

— J'ai vraiment l'impression d'avoir fait 99 tours de patinoire aujourd'hui! J'ai les jambes molles comme des spaghettis!

Thomas éclate de rire.

— Moi aussi!

— Maintenant, on est dignes de la Merveille! dit Henri en tapant dans la main de Thomas.

Ce n'est pas si désagréable d'être assis au soleil avec un nouvel ami, pense Thomas.

— Dis donc, où habites-tu? demande-t-il.

— À côté de l'aéroport. Et toi?

— Dans l'autre direction, près du réservoir, répond Thomas en haussant les épaules.

— On habite vraiment aux deux extrémités

de la ville! s'exclame Henri.

— En effet!

Thomas sait qu'il faut au moins 45 minutes pour se rendre à l'aéroport en partant de chez lui.

TUT! TUT! Une camionnette arrive en klaxonnant.

Thomas lève les yeux.

— C'est mon père! dit-il en saisissant son sac et son bâton. À demain!

Un super lancer frappé

Le mardi matin, avant le déjeuner, Thomas applique du ruban gommé sur la palette de son bâton. Il monte dans la voiture avec cinq minutes d'avance.

— Dépêche-toi, maman! crie-t-il.

Il se retient d'appuyer sur le klaxon.

Sa mère sort de la maison et s'approche de la voiture.

— Hum, c'est la fièvre du hockey, à ce que je vois! dit-elle en ouvrant la portière.

— Oui, dit-il avec un sourire.

Il met ses lunettes de soleil et syntonise sa

station préférée à la radio.

— Aujourd'hui, c'est la journée des lancers, dit-il à sa mère. Et tu sais que j'*adooooore* frapper la rondelle!

— Tu *es* toujours en train de perfectionner ton tir. Parfois, je pense que tu t'entraînes même en dormant! dit sa mère en riant.

Thomas hoche la tête au rythme de la musique.

— C'est ce que je fais!

Il ferme les yeux et essaie d'imaginer son tir et la rondelle qui vole vers le filet.

L'entraîneur accueille les joueurs au centre de la patinoire avec un grand seau rempli de rondelles. Il leur montre différentes façons de frapper la rondelle. Coup droit. Lancer du revers. Lancer levé. Lancer du poignet. Lancer frappé court. Lancer frappé puissant.

— Le meilleur truc est de viser « le haut de l'étagère », leur dit-il. C'est en haut du filet. Dites-vous que c'est là où votre mère cache les biscuits!

Tout le monde s'esclaffe.

— Bon, prenez tous une rondelle et dispersez-vous. Placez-vous face à la bande. Faites au moins... 99 lancers! dit-il en haussant la voix.

— D'accord! crie Thomas.

— Je blaguais! dit l'entraîneur. Faites-en vingt!

Thomas soupire. Il aurait bien aimé faire 99 lancers. Il envoie une rondelle à Henri, puis en prend une pour lui-même.

TCHOC! TCHOC! Thomas effectue

quelques tirs, d'abord lentement, puis de plus en plus vite. *TCHOC! TCHOC! TCHOC!*

Le sifflet retentit.

— Maintenant, trouvez-vous chacun un partenaire, dit l'entraîneur. La première équipe à réussir un tour du chapeau contre le gardien va gagner des rondelles. Et pas n'importe lesquelles : des rondelles que j'ai autographiées!

Thomas sourit à son nouvel ami.

— Viens, Henri! Tu vas être mon partenaire. On est les deux plus rapides!

Henri fait la grimace.

— Je ne suis pas un bon partenaire. J'ai marqué seulement un but la saison dernière. Il en faut trois pour un tour du chapeau.

— Ne t'en fais pas, dit Thomas. J'ai lu que Wayne Gretzky a seulement marqué un but au cours de sa première saison dans les ligues mineures. Tu verras, on peut y arriver!

— D'accord, dit Henri en mâchonnant son protège-dents d'un air peu convaincu.

Ils se placent en file. Équipe après équipe,

les joueurs s'élancent sur la glace, effectuent quelques passes... *TCHAC! TCHAC!* Les rondelles volent dans toutes les directions. L'une d'elles frappe la baie vitrée. Une autre rebondit sur la bande. Une autre s'envole dans les gradins. Et le gardien arrête les autres.

Puis c'est le tour de Thomas et Henri. L'entraîneur donne un coup de sifflet et ils s'élancent. Thomas envoie la rondelle directement sur la palette d'Henri. Ce dernier

remonte l'aile d'un coup de patin puissant. Il attire le gardien du côté gauche pendant que Thomas arrive au centre. Au dernier moment, Henri fait une passe à Thomas, qui projette aussitôt la rondelle dans le filet.

— Ouais! s'écrie Thomas en donnant un coup de poing dans les airs.

— Bravo, Thomas! Quel lancer frappé! s'exclame Henri.

— Merci, dit Thomas avec un sourire en lui

tapant sur l'épaule. C'est grâce à ton aide.

Ils se placent dans la file et observent les rondelles qui glissent et s'envolent. *TCHAC!* Deux frères marquent un but. *TCHAC!* Deux filles lancent et comptent. *TCHAC!* Deux garçons costauds envoient la rondelle dans le filet. L'excitation est à son comble.

Le gardien s'avance pour mieux couvrir ses angles. Il place son bâton et se prépare à recevoir la rondelle.

— Allons-y, dit Thomas à Henri.

Mais lors de leur deuxième essai, le lancer d'Henri rate le filet.

Pour leur troisième tentative, Henri fait une passe à Thomas, et ce dernier marque alors un deuxième but grâce à un autre lancer frappé foudroyant.

Henri émet un sifflement admiratif.

— Fiiiiouuuiiit!

— Hé! On est parmi les premiers, dit Thomas. Un autre but et on va gagner les...

Avant qu'il puisse terminer sa phrase,

SWICHE! une rondelle s'envole dans le filet et deux filles bondissent dans les airs pour fêter leur victoire.

— Quoi? s'écrie Thomas, bouche bée.

— Tour du chapeau! crie l'entraîneur.

Il renverse son bâton et frappe l'embout à deux reprises sur la glace. Puis il appelle les gagnantes et leur remet deux rondelles signées. Les joueuses les brandissent fièrement, un grand sourire sur la figure.

Tout le monde applaudit en criant :

— *Bravo!*

Tout en applaudissant, Henri baisse la tête et va se placer derrière les autres.

À la fin de la journée, Thomas et Henri s'assoient sur les marches à l'extérieur de l'aréna, en buvant une barbotine sous les rayons chauds du soleil.

— C'est mieux que des rondelles de caoutchouc, dit Thomas en appuyant le gobelet froid sur sa joue.

— Peut-être, dit Henri. Mais j'aurais aimé réussir ce but. Ton lancer frappé est incroyable. Comment fais-tu?

Thomas voit que son ami est vraiment déçu et frustré.

— Je m'entraîne, c'est tout. Je m'entraîne *sans arrêt*.

TUT! TUT! Les garçons lèvent les yeux. Leurs parents sont arrivés.

— À demain! lancent-ils en même temps.

Ils croisent leurs petits doigts, puis éclatent de rire en se frappant dans la main.

Jeux et adieux

La journée de mercredi passe comme un éclair. L'entraîneur leur fait faire des exercices techniques pour améliorer leur habileté. À 14 h, il annonce :

— Jeu dirigé!

— Youpi! s'écrie Thomas plus fort que tout le monde.

Il a très envie de disputer une partie.

— Les chandails clairs contre les foncés, dit l'entraîneur.

Thomas patine jusqu'à Henri.

— On est dans la même équipe!

— Surtout, pas de flânerie! les avertit l'entraîneur en laissant tomber la rondelle. Surveillez les ouvertures. Allez, montrez-moi de quoi vous êtes capables!

C'est ce que tout le monde fait.

La journée de jeudi passe tout aussi vite. L'entraîneur leur enseigne six nouveaux jeux et leur montre comment jouer de façon sécuritaire. *Il est vraiment tatillon sur la sécurité!* se dit Thomas.

— Gardez vos bâtons sur la glace! Levez la tête! Concentrez-vous! Attention à la bande! Un joueur blessé ne peut pas jouer au hockey.

L'entraîneur répète ses conseils d'une voix forte. Il frappe la glace avec l'embout de son bâton quand il voit une manœuvre qui lui plaît.

— Bon travail! Oui! Fantastique! Je vous lève mon chapeau!

Il soulève sa casquette d'un air admiratif en faisant quelques pas sur la glace avec son bâton.

Tout le monde éclate de rire.

Les mots s'impriment dans l'esprit de Thomas. « Bâton baissé. Tête levée. Concentration. » Il réussit à effectuer tous les exercices même si son cerveau bourdonne à force de réfléchir, d'écouter, d'observer et de mémoriser.

Tout à coup, il s'aperçoit qu'il est déjà 14 h.

— Jeu dirigé! annonce l'entraîneur.

— Ouais! s'écrient tous les joueurs en s'approchant de lui.

— Empilez vos bâtons! dit-il.

Ils lancent tous leur bâton au centre, puis

l'entraîneur les divise en deux tas.

Thomas et Henri reprennent le leur. Ils sont dans la même équipe. Ils retournent au banc boire un peu d'eau. Ils sont prêts à jouer.

Le vendredi après-midi, lors du jeu dirigé,

Thomas se sent comme un joueur professionnel. Il a assimilé toutes les techniques et manœuvres. Il peut jouer en suivant les indications de l'entraîneur. Et il est heureux d'être encore une fois dans la même équipe qu'Henri.

Sur le banc des joueurs, il se tient près de la bande, dans l'attente du changement de trio.

— J'aimerais que le camp dure une autre semaine!

— Moi aussi, dit Henri en le suivant sur la glace.

Henri s'empare de la rondelle et remonte la patinoire. Il est incontestablement le patineur le plus rapide du groupe. Juste avant d'atteindre la ligne bleue, il prend son élan et tire en direction du but. La rondelle passe à côté du filet et va frapper la bande.

— Ah, zut! grogne Henri.

Thomas garde le silence. Il ne sait pas quoi dire à son ami.

Henri n'a pas réussi à marquer un seul but de la semaine. Ses tirs passent toujours à côté ou au-dessus du filet.

À 15 h, lorsque le camp de hockey tire à sa fin, l'entraîneur donne un coup de sifflet. Il fait signe aux joueurs de se rassembler au centre de la patinoire pour une photo de groupe. Les enfants mettent un genou sur la glace, leurs bâtons devant eux.

— Dites : Coupe Stanley! dit l'entraîneur en prenant quelques photos. Vous êtes tous d'excellents joueurs, avec un bon esprit d'équipe. Au hockey, on gagne en équipe et on perd en équipe. Bonne chance pour la prochaine saison! Et surtout, amusez-vous! Jouez au hockey parce que vous en avez envie.

Il retourne son bâton et frappe l'embout sur la glace à deux reprises.

Pendant que les joueurs l'imitent avec leur propre bâton, Henri se lève et patine jusqu'au banc. Il prend quelque chose dessous et revient au centre de la patinoire. Tout le monde sourit sauf l'entraîneur, qui a l'air tout à fait perplexe.

— Merci, David, dit Henri en s'efforçant de

ne pas rire. C'est un cadeau de remerciement, de la part du groupe.

Il lui tend une balle de ruban gommé géante, faite avec le vieux ruban des joueurs.

— Oh, merci beaucoup! dit l'entraîneur avec un petit rire. Comme ça, non seulement je ne vous oublierai jamais, mais vous ne *décollerez* jamais de ma mémoire! Et maintenant, placez-vous tous sur la ligne bleue et enlevez votre gant droit.

Qu'est-ce qu'il mijote encore? se demande Thomas en patinant jusqu'à l'endroit indiqué. Lorsque tout le monde est en position, l'entraîneur enlève son gant droit et sa casquette des Flammes. Il patine jusqu'au début de la ligne, et serre la main de chaque joueur en le regardant dans les yeux. Lorsqu'il a terminé, tous les enfants l'entourent et lancent leurs gants dans les airs en criant :

— Ya-hou!

— À présent, allez enfiler vos shorts, dit l'entraîneur. C'est l'été, dehors. Les maringouins ont faim!

À leur retour dans le vestiaire, une surprise attend les joueurs. L'entraîneur a glissé un coupon dans chaque paire de chaussures : *BON POUR UNE BARBOTINE GRATUITE.*

Henri et Thomas sont assis sur les marches de l'aréna pour la dernière fois. Ils regardent les voitures qui entrent dans le terrain de stationnement. Soudain, Thomas a une idée :

— Aimerais-tu venir dormir chez moi ce soir, si nos parents sont d'accord?

— Bien sûr! dit Henri en souriant. Je sais que ma mère va dire oui, si elle a le temps de me conduire chez toi.

— Tiens, voici ma mère!

Thomas attend qu'elle gare la voiture, puis s'empresse d'aller lui parler. Elle regarde dans la direction d'Henri en souriant.

Thomas court vers son ami en agitant les bras.

— Tu peux venir après le souper. N'oublie pas d'apporter ton bâton de hockey!

— Ma mère est là! dit Henri.

Il se dépêche d'aller lui demander la permission.

— Ouais! s'écrie-t-il lorsqu'elle lui donne son accord.

Les deux mères sortent de leurs voitures pour bavarder.

— Allez, maman, dépêche-toi!

Une fois que la mère d'Henri a compris comment se rendre à la maison de Thomas, elle regarde sa montre.

— Oh, il faut que j'y aille. Vous demeurez à l'autre bout de la ville. Heureusement que je ne travaille pas cette fin de semaine.

— À plus tard! lance Henri.

— À plus tard! dit Thomas.

Il a très hâte de révéler son secret à Henri.

Les deux garçons partent chacun de leur côté en sirotant leurs barbotines gratuites.

Entraînement intensif

Thomas trouve le temps long jusqu'à l'arrivée d'Henri.

— Où est-il donc? marmonne-t-il en regardant au bout de la rue.

Il prend une balle de tennis et remonte l'allée en la lançant pour passer le temps.

Finalement, la voiture de la mère d'Henri arrive. Thomas court à leur rencontre. Ils déchargent la voiture.

— Je viendrai demain autour de 11 h, dit la mère d'Henri. N'oublie pas que tu vas à une fête d'anniversaire demain midi. Amuse-toi bien!

Elle s'éloigne en agitant la main.

— Viens, dit Thomas.

Les deux garçons font la course jusqu'à l'arrière de la maison.

Dans le jardin de Thomas, d'énormes pneus de camion sont appuyés contre un mur de brique. Un seau à crème glacée rempli de rondelles est placé sur l'allée qui longe la maison.

— C'est l'heure des exercices de tir! annonce Thomas en souriant. C'est comme ça que j'ai perfectionné mon lancer frappé. J'ai quelques vieux tapis-luges en plastique, si tu préfères frapper la rondelle sur une surface glissante.

Il prend une rondelle dans le seau, la laisse tomber par terre et la frappe avec son bâton.

— C'est génial, dit Henri en déposant son sac de couchage pour prendre une rondelle. Je ne m'entraîne jamais chez moi.

— *Jamais?* dit Thomas, étonné.

— Jamais, répond Henri en rougissant.

Les deux garçons se mettent en position dans l'allée et frappent rondelle après rondelle, en visant le centre des pneus. Ils font des coups droits et des lancers du revers. Ils exécutent

tous les types de tirs qu'ils ont appris : le lancer levé, le lancer du poignet et le lancer frappé court. Ils les effectuent sur un pied, puis sur deux. Ils font même quelques lancers frappés cinglants.

Henri suit l'exemple de Thomas, mais il ne marque aucun but. Ses rondelles frappent toujours le mur.

— Je ne comprends pas, soupire Henri. Qu'est-ce que je fais de mal?

— Je ne sais pas, dit Thomas. Tes mouvements sont bons et tes tirs sont puissants... On continue!

Ils frappent encore des rondelles, cette fois en utilisant les tapis-luges.

Bong! Tchac! Bang! Cling!

Finalement, Henri réussit presque à marquer un but.

— Hé! s'écrie-t-il. Celle-là a frappé le côté du pneu!

— Super! l'encourage Thomas. Continue de viser au centre, et tu vas réussir!

Mais une heure plus tard, Henri n'a toujours pas réussi à faire entrer une rondelle dans un pneu.

La porte de la maison s'ouvre et la mère de Thomas sort avec un plateau. Elle le dépose sur la table de pique-nique. Il y a du melon d'eau, des légumes, des craquelins, des bâtonnets de pepperoni et un pichet de limonade.

— Vous devez avoir les bras mous comme de la guenille, plaisante-t-elle. Venez faire le plein d'énergie.

Henri dépose son bâton et fouille dans son sac.

— Moi aussi, j'ai apporté de quoi grignoter.

Il sort deux tablettes de chocolat et deux canettes de cola.

— Avez-vous déjà essayé de mélanger ce truc avec de la limonade? dit-il en montrant une canette. Mon ami Jérémie et moi, on appelle ça de la bave de limace.

— Beurk! fait la mère de Thomas.

— Miam! dit Thomas en préparant deux verres. À la tienne!

— À la tienne!

Les deux garçons trinquent. Thomas avale une grande gorgée.

— Pas mal, admet-il.

Ils mangent quelques bâtonnets de pepperoni et vont ramasser les rondelles éparpillées près de la clôture.

Lorsqu'ils reprennent leurs bâtons, la mère de Thomas sort son appareil numérique et prend quelques photos.

— Souris, Thomas. Montre-moi combien tu t'amuses!

— Ah, maman! *Arrêêête!* dit-il en faisant la grimace.

Sa mère sait vraiment comment l'embêter. Henri éclate de rire en voyant son air ennuyé.

Ils continuent de frapper des rondelles pendant que la mère de Thomas les photographie.

Lorsque le soir tombe, le père de Thomas arrive à bord de sa camionnette.

— Bonsoir, les gars!

— Bonsoir, papa! dit Thomas.

— Hé, que diriez-vous d'un peu d'éclairage? Il fait noir, ici!

Il gare la camionnette de manière à éclairer les pneus appuyés sur le mur. Il allume la radio en choisissant la station favorite de Thomas.

— Dis donc! s'exclame Henri, impressionné. C'est l'endroit le plus génial en ville, ici!

— Tu dois être Henri, dit le père de Thomas. J'ai entendu parler du camp de hockey toute la semaine.

Il va chercher son bâton dans le garage et se met à frapper quelques rondelles.

— Oups! Ce pneu fait un bon gardien de but! dit-il en riant.

Il laisse tomber la dernière rondelle et la projette directement au centre du pneu.

— Et maintenant, à *ton* tour! dit-il à Henri.

Le garçon baisse les yeux, embarrassé.

— Je suis nul.

— Quoi? dit le père de Thomas en secouant la tête. Thomas m'a dit que tu étais rapide comme l'éclair sur tes patins.

— Mes lancers sont nuls.

Le père de Thomas lui donne des conseils sur sa façon de tenir le bâton et de préparer ses coups. Henri ne marque toujours pas de but.

Épuisés, les deux garçons étendent leurs sacs de couchage à l'arrière de la camionnette.

Juste avant de fermer les yeux, Thomas dit :

— Je savais que le meilleur moment de l'été serait le camp de hockey.

— Oui, c'était génial, dit Henri. J'aimerais qu'on soit des pros et que David soit notre entraîneur.

— Il est super! dit Thomas.

En quelques minutes, ils s'endorment en rêvant à la LNH.

Courriels

L'heure du déjeuner arrive trop vite. La mère de Thomas a préparé des crêpes au blé entier avec des fraises et des saucisses.

Elle leur verse du jus, puis dit en désignant l'ordinateur :

— Hé, les garçons! Vous avez reçu un courriel de votre entraîneur!

Ils regardent l'écran et aperçoivent une photo des joueurs sur la patinoire. On peut lire dessous : *Champions du camp des Champions.*

— J'ai reçu le même message! dit Henri en voyant son adresse électronique dans la liste.

— Vous avez l'air en sueur! dit la mère de Thomas. J'espère que vous avez pris une

41

douche hier!

Les deux garçons la regardent en rougissant.

Elle lève les yeux au ciel.

— Pris sur le fait! dit Thomas en empilant des crêpes sur son assiette.

Après s'être empiffrés, les garçons quittent la table.

— Viens, on va jouer au hockey de rue en attendant ta mère, dit Thomas.

Ils ont à peine commencé lorsque la mère d'Henri arrive. Elle a l'air pressée.

— Bonjour, les garçons. Dépêche-toi, Henri. Je dois te conduire à la fête de ton copain. Vous allez voir un film, tu te souviens? Et c'est plutôt loin d'ici. As-tu passé une belle soirée? demande-t-elle en ouvrant le coffre de la voiture.

— On s'est exercés à faire des tirs, répond son fils en mettant son sac dans le coffre. On s'est couchés très tard!

— Vraiment? dit sa mère en souriant. Vous n'aviez pas assez d'une semaine, hein?

— Non!

Henri hésite une seconde, puis ajoute :

— Maman, est-ce que grand-papa a toujours ses vieux pneus?

— Je pense bien, dit-elle d'un air perplexe. Pourquoi?

Elle démarre la voiture.

— Merci! lance Henri à Thomas en agitant la main. Au revoir!

— Au revoir! répond Thomas.

Il agite la main jusqu'à ce que la voiture disparaisse dans le tournant.

Plus tard ce jour-là, Thomas regarde les

photos sur l'écran de l'appareil numérique de sa mère. Tout à coup, il remarque quelque chose dans les clichés où l'on voit Henri.

— Je comprends, maintenant! s'exclame-t-il.

Il court à l'ordinateur et trouve l'adresse électronique de son ami dans le message de l'entraîneur. Il se met à rédiger un courriel :

```
Bonjour Henri,
Tu devrais garder les yeux
ouverts quand tu frappes la
rondelle. Et ne quitte pas la
cible des yeux. Cela devrait te
permettre de marquer, et même de
réussir un tour du chapeau!
Regarde bien les photos que je
t'envoie. Et amuse-toi en jouant
au hockey cet hiver!
Ton ami
Thomas
```

Le téléphone sonne. C'est Mathieu. Il est revenu de voyage et lui propose de jouer au hockey de rue.

Thomas appelle Justin. Il est prêt à essayer tous les trucs qu'il a appris au camp de gardiens de but.

On sonne à la porte. C'est Simon. Sa cheville va mieux et ses trois cousins sont en ville. Ils aiment tous le hockey.

Thomas attrape son bâton et une balle de tennis.

Tout en installant les buts, Thomas dit à ses copains :

— Je vais vous préparer de la bave de limace après la première période.

— Quoi? s'écrient-ils en chœur.

— Vous allez adorer ça.

Pendant qu'il joue avec ses amis, un courriel lui parvient dans sa boîte de réception.

```
Bonjour Thomas,
Merci pour le conseil. Je vais
essayer de garder les yeux
ouverts et fixés sur la cible.
Mon grand-père va installer des
pneus dans le jardin ce soir. Je
vais m'entraîner tous les jours,
si je le peux.
Ton ami
Henri
P.S.: J'ai loué le film Maurice
Richard. C'est génial!
```

Le tournoi

Cinq mois plus tard, à la mi-janvier, les Faucons de Grand-Lac connaissent leur meilleure saison. Thomas adore jouer au centre avec Mathieu à l'aile droite, Simon à la défense et Justin dans le filet. Il adore jouer n'importe quand et n'importe où, que ce soit dans la rue, dans un aréna ou sur une patinoire extérieure.

C'est le premier jour du grand tournoi municipal. Thomas est assis sur le siège arrière de la camionnette de son père. Ils roulent sur la route enneigée pour se rendre à l'Aréna du Centenaire. Thomas est totalement plongé dans ses pensées.

Il prend une grande inspiration. Plus il approche de l'aréna, et plus son estomac est noué. *Bon, concentre-toi*, se dit-il. Dans son esprit, il peut voir la rondelle derrière le filet. Il s'imagine en train de tendre le bras et de marquer en contournant le filet. *Ouais*. La rondelle s'envole vers le but en frôlant à peine la mitaine du gardien.

— Voilà la fourgonnette des parents de Simon, lui dit sa mère en interrompant ses pensées.

Le stationnement est bondé.

— Et voici la voiture de l'entraîneur Hugo, ajoute-t-elle.

Thomas sourit. C'est rassurant de reconnaître des voitures. Cela signifie qu'il est bel et bien au bon aréna au bon moment, et que ses amis y sont aussi.

Son père transporte son sac pendant que Thomas manie une rondelle invisible sur le trottoir jusqu'à l'intérieur de l'aréna.

Des douzaines de personnes sont rassemblées dans l'entrée. Beaucoup de gens boivent du chocolat chaud, emmitouflés dans de gros blousons et une couverture sous le bras.

Thomas lit les messages sur le babillard, à la recherche du numéro de son vestiaire. Il prend son sac et se dirige vers le couloir. Il croise des joueurs vêtus d'un uniforme qu'il n'a jamais vu. Puis Mathieu s'approche de lui et lui donne une tape dans le dos.

— Hé, Thomas! Je suis prêt à les affronter!

— Moi aussi, dit Justin, qui les suit avec son énorme sac de gardien.

— Moi aussi, ajoute Thomas.

Les joueurs enfilent leur équipement.

L'entraîneur se tient au milieu du vestiaire avec les statistiques de la ligue, publiées dans le journal local.

— Les Faucons, nous n'avons subi aucune défaite jusqu'ici! Et Justin détient le record de blanchissages de la ville!

Tout le monde pousse des cris de joie.

— Nous sommes l'équipe numéro un! rugit l'entraîneur.

— Nu-mé-ro un! Nu-mé-ro un! Nu-mé-ro un! se mettent à scander les joueurs.

Thomas savait que leur équipe avait de l'avance, mais pas à ce point!

— Et maintenant, jouons au hockey! crie l'entraîneur.

Les Faucons contre les Bouledogues

Le cœur de Thomas bat la chamade quand l'équipe sort du vestiaire. Il lève les yeux en approchant de la patinoire. Les gradins sont pleins. Il aperçoit ses grands-parents, qui lui envoient la main.

Les portes s'ouvrent et les joueurs entrent sur la glace. Ils patinent en cercle et s'échauffent avec une série de départs et d'arrêts rapides. Les secondes s'écoulent. Au coup de sifflet, l'équipe se rassemble autour de l'entraîneur et scande à tue-tête :

— Faucons! Faucons! Faucons!

Le trio de Thomas se met en position pendant que les autres attaquants se dirigent vers le banc.

Thomas se place au centre. Il jette un coup d'œil à son opposant. Son chandail des Bouledogues de Rivière-Nord est rentré dans le côté droit de sa culotte de hockey. C'est aussi la façon dont Thomas porte son chandail, exactement comme le faisait Wayne Gretzky. Thomas regarde le visage de son adversaire. Il peut voir des mèches rousses sortir du casque. Un sourire se dessine sur son visage.

— Henri? demande-t-il. C'est bien toi?

— Thomas? réplique Henri avec un sourire encore plus ravi.

L'arbitre laisse tomber la

rondelle. Thomas gagne la mise au jeu et s'élance sur la glace. Il fait une passe à Mathieu. Ce dernier lui retourne la rondelle. Un Bouledogue le bloque. Henri s'empare de la rondelle et la projette le long de la bande. Thomas et Henri se précipitent à sa poursuite, mais sont interrompus par un coup de sifflet au moment où le bâton d'Henri touche la rondelle.

— Numéro 15 des Bouledogues, deux minutes pour accrochage! crie l'arbitre.

Le numéro 15 se dirige vers le banc des pénalités pendant que les entraîneurs font sortir les joueurs pour un changement de trio.

Thomas boit un peu d'eau, puis observe le jeu en attendant son tour. La rondelle traverse la patinoire de part et d'autre.

Allez, les Faucons! pense Thomas, qui voudrait que son équipe compte un but en avantage numérique. *Ils ne sont que quatre Bouledogues!*

Mathieu sort du coin avec la rondelle. Il fait une passe à Simon, qui lance en visant entre les jambières du gardien. Ce dernier fait un arrêt. La rondelle rebondit vers Mathieu, qui tire en direction du but. Thomas regarde l'horloge. Les deux minutes se sont écoulées. Un nouveau joueur des Bouledogues entre sur la patinoire.

L'entraîneur des Faucons sourit.

— C'est une partie serrée. Ces Bouledogues sont vraiment doués. Ne baissons pas les bras. Il va falloir redoubler d'efforts pour remporter ce tournoi.

Thomas se déplace le long du banc. Ses yeux sont fixés sur le n° 66 des Bouledogues.

— Allez, les Faucons! crie-t-il avec son équipe, tout en frappant son bâton sur la bande.

Échappée

Vers la fin de la troisième période, le pointage est toujours 0 à 0.

Un joueur des Bouledogues effectue un dégagement interdit. Le sifflet retentit. Changement de trio.

Thomas se place dans le cercle de mise au jeu en face d'Henri. Leurs yeux sont fixés sur la glace quand l'arbitre laisse tomber la rondelle. Thomas remporte la mise au jeu et fait une passe à Simon. Ce dernier part à toute vitesse comme si la rondelle était collée à sa palette. Voyant qu'un Bouledogue se précipite vers lui, il fait une passe à Mathieu. C'est une passe parfaite, mais un ailier adverse l'intercepte et envoie la rondelle à Henri.

Soudain, Henri part en échappée! Il file sur la glace, la tête haute et les yeux fixés sur Justin. Mathieu et Thomas se lancent à sa poursuite, mais il a une longueur d'avance. Il prend son élan et exécute un lancer frappé foudroyant. La rondelle s'envole en sifflant dans les airs et va frapper l'arrière du filet, exactement dans le « haut de l'étagère », où les mères cachent les biscuits.

L'arbitre donne un coup de sifflet.

— But!

Sur le banc des Bouledogues, c'est l'explosion de joie. La foule est déchaînée.

Thomas regarde Henri se pencher pour reprendre son

souffle. Pendant une fraction de seconde, il lit le numéro 66 à l'envers sur son chandail. On dirait que c'est le... 99!

Thomas est triste pour Justin, qui tenait tant à son record de blanchissages. Il est triste pour les joueurs de défense. Et à moins de trois secondes de la fin du match, il est triste pour son équipe, qui est sur le point de subir sa première défaite de la saison. Mais une chose le rend heureux.

Henri et lui se mettent en position pour la dernière mise au jeu. Quand l'arbitre tient la rondelle entre eux, Thomas retourne son bâton et frappe l'embout à deux reprises sur la glace.

Les spectateurs et les autres joueurs le

regardent, étonnés.

Henri sourit à Thomas.

— Merci, dit-il.

La rondelle tombe. L'horloge égrène les secondes... 3, 2, 1. *Bizzzzzz!*

Les Bouledogues entourent Henri en poussant des acclamations.

Le moteur de la surfaceuse démarre. Les équipes se placent en ligne et les joueurs se serrent la main.

Lorsque Thomas et Henri se trouvent l'un en face de l'autre, ils retournent leurs bâtons pour frapper la glace.

Les Faucons retournent à leur vestiaire et s'affalent sur le banc, abasourdis.

— Qu'est-ce qui s'est *passé*? demande Justin.

— Un lancer frappé! répond Thomas. Un lancer frappé foudroyant!

— Je ne l'ai jamais vu venir, soupire Justin.

99 fois par jour

Les marches de l'aréna sont couvertes de neige fraîchement tombée. Dans le terrain de stationnement, la couche de glace est si épaisse qu'on pourrait y patiner. Des nuages blancs s'échappent des voitures dont le moteur tourne au ralenti. Thomas et Henri boivent une barbotine, debout l'un à côté de l'autre.

— À demain, dit Henri. Peut-être que nos deux équipes vont se rendre en finale.

— À demain, dit Thomas. Ton lancer frappé est vraiment *puissant!*

— Merci, dit Henri avec un grand sourire. Tes photos m'ont aidé. Maintenant, je garde les yeux ouverts. Et je me suis beaucoup entraîné!

Une fourgonnette s'arrête à leur hauteur. Les trois amis de Thomas sont à l'intérieur.

— Hé, les gars! crie Simon. On joue une partie au parc Chinook à 14 h! On se retrouve tous là-bas?

— Veux-tu venir avec nous? demande Thomas.

— Bien sûr! répond Henri en frappant l'embout de son bâton à deux reprises sur le sol. Je suis prêt à jouer 99 fois par jour!

Les deux amis pouffent de rire.